25614

ODE

SUR

LE PASSAGE DES ALPES.

HOMMAGE AUX MANES

De S. A. S. Monseigneur le Prince de CONTI.
Par M. LE BRUN.

1778.

AVERTISSEMENT.

Monſieur LE BRUN, Auteur de cette Ode, était preſqu'enfant, lorſque M. le Prince de Conti, âgé de vingt-ſix ans, partit pour cette brillante Campagne. Devenu depuis Secrétaire de ſes Commandemens, il s'eſt fait un plaiſir, après la mort de ce Prince, de conſacrer le plus beau moment de ſa vie. Pluſieurs circonſtances donnent quelque prix au généreux hommage de M. le Brun : au moins n'eſt-ce pas l'adulation qui élève des Statues après la mort ?

O D E

SUR

LE PASSAGE DES ALPES

Par feu S. A. S. Mgr. le Prince de CONTI,
en 1744.

Dignum laude virum Musa vetat mori. Hor.

Est-ce un vain songe qui m'abuse ?
Non , Permesse ! voilà tes bords.
Fils ailé du sang de Méduse ,
Coursier divin , sers mes transports !
Mais par quelle route inconnue ,
Déjà ton vol fendant la nue ,
M'entraîne-t-il au sein des airs ?
Quel spectacle immense & rapide
Développe à mon œil avide
L'Olympe , la Terre & les Mers ?

A iij

* Les Alpes.

Ces Monts *, fiers voisins d'Amphitrite,
Qu'ils pressent de leurs vastes piés,
Portent jusqu'au Ciel qui s'irrite,
Leurs fronts sans cesse foudroïés.
Tes forêts, antique Dodone,
Leur font une horrible couronne
De sapins noirs & chevelus !
Rocs entassés, débris funeste,
Seriez-vous l'effroyable reste
Du combat des fils de Tellus ?

Mais quel bruit frappe mon oreille ?
Quels Titans menacent les Dieux ?
Je vois la foudre qui s'éveille
Au cri du Monarque des Cieux !
A ce cri, les mortels frémissent ;
Le Ciel tremble, les Mers mugissent,
Neptune en pâlit sous les flots ;
Pluton s'élance de son trône ;
Tout s'épouvante, hors Tisiphône,
Qui seule inspira ces complots.

TREMBLEZ, fiers Rivaux du Tonnerre !
L'air brille du fatal éclair ;
Ses feux annoncent à la terre
Les vengeances de Jupiter.
LOUIS parle, CONTI s'élance ;
La terre s'arrête en silence ;
Il tient les foudres de son Roi :
Pallas lui prête son égide,
Et Mars, devant son char rapide,
Vole avec la mort & l'effroi.

L'EUSSIEZ-VOUS cru né pour la gloire,
Ce PRINCE formé par l'Amour ?
Eussiez-vous cru que la Victoire
Le verrait briller à sa Cour ?
Et que les Grâces éplorées,
Pour lui seul de myrthes parées,
Verraient sitôt leur jeune Amant
Ombrager d'un Panache horrible
Ce front désormais si terrible,
Dont la rose était l'ornement ?

Ah ! s'il fuit ces molles délices,
Pour les jeux sanglans des Héros,
Il n'attend point que nos Ulyſſes
L'enlèvent aux jeux de Scyros.
Il ſait que l'auguſte Naiſſance
Peut voir, par l'infame licence,
Sa ſplendeur, ſes droits avilis ;
Il ſait que l'Amour & l'Ivreſſe,
Vainqueurs du Héros de la Grèce,
Ont embraſé Perſépolis.

Fuis donc, ô Volupté fatale !
Fuis ; que ſes deſtins glorieux,
Loin de Cléopâtre & d'Omphale,
Suivent leur cours victorieux.
Echappé des myrtes de Cnide,
N'en doutez plus ! ce jeune Alcide
Va, digne ſang des Immortels,
Faire avouer, même à l'Envie,
Qu'il ſait, en prodiguant ſa vie,
Mériter l'honneur des Autels.

DÉJA le *Var* aux mers profondes
Roulant fa fuite & fa terreur,
Redit, en pleurant fous fes ondes,
Quel bras a dompté fa fureur 1):
Dieu des Mers! ta fatale Epoufe
L'apprend à la flotte jaloufe
D'Albion errant fur les flots, 2)
D'Albion qui, pour fon fupplice,
Semble être témoin & complice
Des victoires de mon Héros.

En vain les bouches menaçantes
De fes navires conjurés,
De mille flammes rugiffantes
Vomiffent les traits égarés;
CONTI vole; les remparts tombent;
Nice! tes Défenfeurs fuccombent;
Tout cède aux flots de ce Torrent:
L'Aigle des Dieux eft moins rapide;
Le fier Lion moins intrépide,
Et le Foudre moins dévorant.

RENOMMÉE ! amante du Pinde,
A ma lyre unis tes cent voix ;
Cours, vole au Héros de Nervinde 3) ;
Chez les morts conter ces exploits !
Va, par un récit qui le flatte,
De ce Roi promis au Sarmate,
Confoler le noble courroux ;
Préfente à fes yeux magnanimes
Les mânes de tant de victimes :
Qu'il fe reconnaiffe à ces coups.

DIS-LUI que du Fils de Pélée,
Si, par ces effais généreux,
Déjà la gloire eft égalée,
CONTI forme encor d'autres vœux.
Dis-lui qu'à fa jeuneffe ardente,
Mêlant cette valeur prudente
Des fronts fous le cafque blanchis ;
Il va, Héros brillant & fage,
Tenter l'effroyable paffage
Des Monts qu'ANNIBAL a franchis.

MAIS l'infernale Jaloufie
Qu'irrite un fi noble deffein,
Va, de fa noire frénéfie,
D'ANNIBAL infecter le fein.
L'ame de dépit embrafée,
Soudain du riant Elifée
Il fuit les bofquets enchantés;
Et du Vainqueur de Thrafimène
Je vois errer l'Ombre inhumaine
Sur les fommets qu'il a domptés.

OR! qu'avec un affreux fourire
Il revoit *Canne*, & s'applaudit!
Il contemple *Rome*, il foupire;
Mais il voit *Capoue* & rougit.
Il veut qu'au moins, vengeant fa gloire,
Ces Monts défendent fa mémoire,
Et fe ferment à fon Rival.
Viens, CONTI; de ces Monts fublimes
S'il eft beau de franchir les cimes,
C'eft aux yeux jaloux d'ANNIBAL.

Les Alpes, défiant la guerre,
Arment leurs Titans furieux :
La foudre des Fils de la Terre
Y choque la foudre des Dieux :
» Et quoi ! dit leur troupe hautaine,
» Est ce encore le Fils d'Alcmène
» Qui veut s'y frayer un accès ?
» Quel est donc ce nouvel Hercule,
» Ivre de l'espoir ridicule
» De cet incroyable succès ?

» Parmi nos glaces éternelles,
» Si tu veux cueillir des lauriers,
» Conti , prête du moins des ailes
» A tes redoutables Guerriers :
» Vois ces rocs entourés d'abymes ;
» Vois ces feux grondans sur leurs cimes ;
» Vois ces flots t'ouvrant les enfers ;
» Et sur ces Monts inaccessibles,
» Apprends que nos mains invincibles
» Donnent le trépas ou des fers.

Ils le difaient ! & leur audace
Crut dicter les arrêts du fort :
Ils le difaient ! & leur menace
N'eut de réponfe que la mort :
Ils chancellent ; & dans la poudre,
Conti , Jupiter & la foudre
Brifent leurs fronts enfevelis ;
Et , fur leur audace étouffée ,
La Victoire dreffe un Trophée 4)
A l'immortelle Fleur de Lis.

NOTES.

1) Le Var était débordé lors du paffage.

2) La Flotte Anglaife était à l'embouchure du Var , & tira

même fur l'Armée de M. le Prince de Conti, tandis qu'elle traverſait le Var.

3) Le Grand Conti, élève du Grand Condé, & ſi connu par les combats de Stinkerque & de Nervinde, fut appelé au Trône de Pologne par le vœu de la Nation; une intrigue de Cour l'empêcha d'y monter. Il était grand-père de celui qui eſt célébré dans cet Ouvrage.

4) Bataille de *Coni*, gagnée par Mgr. le Prince de Conti, en perſonne, qui, ſelon M. de Voltaire, eut deux chevaux tués ſous lui. Elle termina cette brillante campagne de 1744, où l'Art, la Nature & un très-grand Roi furent vaincus par un Prince de vingt-ſix ans. Elle annonçait un Héros à la France, &un Rival au grand Conti.

www.ingramcontent.com/pod-product-compliance
Lightning Source LLC
Chambersburg PA
CBHW061517170626
46811CB00004B/1750